处处吾乡

张学军 著

团结出版社

图书在版编目(CIP)数据

处处吾乡 / 张学军著. –– 北京：团结出版社，
2022.8
ISBN 978-7-5126-9497-2

Ⅰ.①处… Ⅱ.①张… Ⅲ.①诗集–中国–当代
Ⅳ.①I227

中国版本图书馆 CIP 数据核字(2022)第 121156 号

出　　版：团结出版社
　　　　　(北京市东城区东皇城根南街 84 号　邮编：100006)
电　　话：(010) 65228880　65244790
网　　址：www.tjpress.com
E – mail：65244790@163.com
出版策划：力扬文化
经　　销：全国新华书店
印　　刷：成都兴怡包装装潢有限公司

开　　本：145mm×210mm　1/32
印　　张：7
字　　数：125 千字
版　　次：2022 年 8 月第 1 版
印　　次：2022 年 8 月第 1 次印刷

书　　号：ISBN 978-7-5126-9497-2
定　　价：65.00 元

处处吾乡

——我的写作心理兼序

一、诗文大众化

《诗经》是我国最早的一部诗歌总集，是我国诗文艺术的起源。开篇《关雎》：

关关雎鸠，在河之洲。窈窕淑女，君子好逑。

参差荇菜，左右流之。窈窕淑女，寤寐求之。

求之不得，寤寐思服。悠哉悠哉，辗转反侧。

参差荇菜，左右采之。窈窕淑女，琴瑟友之。

参差荇菜，左右芼之。窈窕淑女，钟鼓乐之。

通篇读诵，十分直白，十分真实，通俗易懂地反映了几千年以前的男女爱情生活场景。认识字的一看即懂，不认识字的一听即明，都知道写的是什么，表达的是什么，即刻可以带来精神层面的享受和愉悦，许多字词沿用至今！《诗经》的其他篇章亦是如此。

这说明什么？《诗经》是我国诗文艺术的最原始的祖宗，我个人理解它之所以传诵千万年不衰，就在于它的大众化。它告诉我们作为文学艺术范围的诗文一定要让大众能读能懂，而不只是写给少数专家学者。

我坚决拥护以人民为中心的创作导向，只有充分、真实地表达对人民大众的悲悯，对人民悲欢的关切，人民大众才会喜闻乐见，才会真正丰富人民大众的精神生活，才会真正体现诗文作品陶冶大众情操的社会功用。所以，我追求诗文大众化，喜欢写一些普通大众能读能懂能有共鸣的东西。

二、不拘泥于格律

古体诗词是中华民族优秀传统文化的重要部分，经过长期演绎最终形成相对固定的格式。最集中的代表就是唐诗宋词，最主要的特征就是讲究音节平仄搭配，词语对仗，篇有定句，句有定字，格式固定，有一种特殊的文艺美。论及传承，就不一定严不可破，应该允许推陈出新。

读过《红楼梦》的知道，曹雪芹写了一段香菱向黛玉学诗，黛玉说："不过是起承转合，当中承转是两副对子，平声对仄声，虚的对实的，实的对虚的，若果是有了奇句，连平仄虚实不对都使得的。"

在这里，曹雪芹实际上借黛玉之口代表性地表达了古体诗词

处处吾乡 🔴 序言

如何传承写作。事实上这也是近现代许多名家宗师倡导的诗词写作观，即无需拘泥于格律，在遵循基本格式律韵前提下可以有变化，可以有创新。

抱定这个认识，我试着学写古体诗词，出发点就是继承传统，也有时代节奏。实话实说，感觉味在其中。

三、诗歌与散文的糅合

"诗散文"是近来写作圈内一个新名词，或者说是正在兴起的一个新体裁。肤浅的理解就是诗歌与散文体裁上的糅合，像诗又像散文，有诗歌的抒情，亦有散文的达意，非常简约而灵活地记录、反映社会生活及其情感。个人觉得"诗散文"理念与前述"诗文大众化""不拘泥格律"是一脉相承相通的。

古人云："乐而不淫，哀而不伤""发乎情，止乎礼"。诗文作品只要不只是单纯的记录和展示，而是蕴含有对光明的歌颂，对真善美丑的照见，对理想的抒发，对道德的引导，对精神情怀的陶冶。一句话蕴含有正能量，我觉得就应给予支持和欢迎，有利于培养和发展大众文艺情怀与人文素质，我也是这样践行尝试的。

也许我的诗文肤浅，但都是对生活对人生的真情实感，每次落笔都有进入一方明亮的精神家园的感觉，故冒昧结集并名之为《处处吾乡》。

是为序，承赐教！

张学军

2021 年 7 月 25 日下午

目录 Contents

2019 年

2021 年

残 雪

铺天盖地惊众生，

一片欢呼兆年丰。

三天两晚去无踪，

诉说芳华如此人。

山坡羊·偶感

闻鸡起舞，敬业爱岗。人生无常却有常。

想众生，问西东，大千世界与君同，乡下住着寂寞母亲。

乐，一个人；苦，一个人。

点绛唇·腊月家里大扫除

扫帚、拖把，进厨房锅碗刀叉。清整洗抹，弄个干净家。

家务事大，常想她和他，莫言差。一屋不扫，何以走天下。

叹孙髯翁

孙髯翁才高八斗，拂袖科举。为滇池大观楼"天下第一长联"撰写者，后归隐云南边陲小镇弥勒深山，也仅此作留世。

满腹经纶却布衣，
只缘雄才不逢时。
透视滇池千万里，
独隐深山与梅戏。

突然间……

世界形形色，
心有千千惑。
满眼风和雨，
低头把酒喝！

走过鸟叫

每天清晨，

经过机关大院西南角，

零散的寥寥几株乔木，

连同草地、灌木绿篱，

如同穿越一片森林。

无数只鸟儿，

聚集在树枝，叽叽喳喳，

聒噪贯耳。

故意大吼一声，

万鸟振翅，黑压压掠过头顶，

又重新飞回树枝，

把树枝当成麦克风，

音量调到更大，

继续热烈地争论或欢呼。

有了乔木，
群鸟有了世界；
而我，
踩着昏幽的路灯与晨光，
踽踽急行。

写作者的桌面

有一只酒杯，
装过国酿、二锅头、苞谷烧，
甚至是害人的勾兑，
一滴滴干涸，
融进了稿纸；

有一只烟灰缸，
烟蒂堆成了假山，
余烬照亮了
稿纸密密麻麻的雕塑；

有一只茶杯，
茶釉盖住了底色，
茶叶成河底水草，

摇头晃脑呼救，

可茶水义无反顾，

跳上稿纸化装墨迹。

后来，

许多人摸过那本书，

有人醉了，

诊断为轻度酒精中毒；

有人痴迷，

总模仿一些神秘人物；

更有女人，

从此放弃美容化妆，

所到之处，书香满屋！

如梦令·2018 年小年

梦想激情奋斗，而今满怀惭愧。掩面抹浅泪，仍要精神抖擞。

抖擞，抖擞，人生无怨无悔。

点绛唇·2019 年正月初二

妙手随春，腿疾寒气都除尽，健骨舒筋，何惧雨和风。

抬望苍穹，天际舞闲云，盼彩虹。春雷滚滚，整装新征程。

树与苔藓

记不清何时，

只记得你破土而出时，

我就贴定了你，

你迎风斗雨傲霜凌雪，

我不离分毫，

护着你的五脏六腑。

你在哪里，

哪里就是我的世界，

哪里就是我的生命。

天空是你的远方，

挺拔是你的梦想。

与你一同成长，

与你一同生机盎然，

与你一同枯萎消失。

跟着你，

就是我的天职！

久违了，太阳

还是读小学，
老师就告诉我，
你住得很遥远，
只能向天边的你注目。

你果然很远，
因为你经常
无缘无故，
一连几十天无影无踪。

今天，却到处可见你
你扑面而来，
挂在树尖，
印在水中，

踩在脚下，
更藏在我心底！

南歌子·春思

　　昨日光灿灿，今天阴沉沉。哪堪细雨伴寒风，无奈何春日不懂人心。

　　且看万花笑，且闻百鸟鸣，碧草茵茵柳低身。怎说阴晴圆缺不是春？

南歌子·男同窗小聚

　　几个男同窗，相逢话沧桑。年复一年各自忙，酸甜苦辣五味灌肚肠。

　　忆沩水河畔，想日子还长。活好当下心不慌，举杯共祝我们不忧伤！

梧桐影·春雨

春渐深，雨未停。
摧落了多少花红，
只剩下枝叶更青。

渔歌子·阅读有感

　　为人处世不亏心，半夜何惧鬼敲门。行端正，坐亦稳，粗茶淡饭梦常美。

望 雨

念君人未到，
着雨送相思。
且听声滴答，
点点解你痴。

渔歌子·晨雾朦胧

　　放眼长空雾朦胧，大煞风景枉初春。此模样，似人生。等须
臾柳暗花明！

江南春·踏青

散了雾，红日出。
漫步石燕湖，
寺庙里瞻佛。
莫言红尘难看破，
人与自然和谐处。

南歌子·北魏孝文帝改革

从漠北寒地，迁洛阳宫殿。拓跋宏吞声忍气，终树起拓跋鲜卑大旗！

重民族利益，谋百年大计，领袖韬略最关键。至今史载北魏孝文帝。

春分日闻甥出生

风雨雷电知何意，

原是甥子传消息。

万物更新春分日，

广纳生机好修齐。

春 读

推窗红绿满目，
闭户谁怜孤独。
潜心字字句句，
斗室春风吹拂。

闻百岁斑鳖离世

寄居地球近百载，

养在深闺享珍爱。

难谙天道藏玄机，

从此人间少斑鳖！

季春之夜

一如既往来到办公室

坐在白天坐的地方

密密麻麻的文字诗行

跃入双眼

如同馋食

提前了的美味宵夜

看往白天看的地方

想起了武则天诗句——

"看朱成碧思纷纷

憔悴支离为忆君"

……

白天的绿变成了现在的黑

还好听到了阵阵蛙鸣

我知道

现在已是

季春之夜

谷 雨

谷得雨而生，
无君怎安身？
树枝栖鸟鸣，
应是求友声！

鸟　叫

不远的树枝　不知什么鸟

不停地对我叫

一声两声　千声万声

一遍两遍　千遍万遍

我脉脉含情

透窗凝望　送去最真的相思

风一吹

她飞了　留给我

满地嘲笑

暮春日子

欲和春长住，

春去不停步。

泪送夕阳远，

可有杯中物？

9：00在办公室

细雨点点飘天空，

悠悠九鸣南站钟。

最厌青蛙不住鸣，

声声敲打倚窗人。

致敬 6070

六零七零,

贫苦曾经。

从小务农,

身无分文。

不同途径,

农工学兵。

奋斗半生,

家业小成。

养大儿孙,

各奔前程。

渐老伶仃,

工作不停。

时代已新，

莫成闲人。

敬业养心，

笑对峥嵘！

偶翻族谱

借来族谱欲问根，
原来族自张九龄。
一脉千年数英雄，
到我粗茶醉晨风。

盆栽芷江建兰

芷兰长湘西，
天生蕴灵气。
日日相对瞥，
痴心待花期。

立 夏

无可奈何春归去，
闭目听闻初夏雨。
曾经辗转忧春捂，
从今当念君避暑。

远与近

从前，透过窗眼，

我的视线上，

有小山，小山上亭子，绿色丛林

直至，越过树尖，

抵达无限的天空，

抵达遥远的虚无；

自从桌面摆上一株建兰，

小山亭子丛林天空，

一切依然，

只是，这株

来自湘西深山的野兰，

成了眼前，

真正可以触摸的美丽！

初夏之夜

青蛙再怎么呼唤，
灯光再怎么亮堂，
也赶不走夜黑，
留不住温柔。

取下眼镜，
却见到有人跳舞，
有火辣的秋波，
有软语传声：
梦想吧，
天气预报
连续大雨……

农历四月八日大雨

大珠小珠落玉盘，

平眼山峦变苍黄。

隐约雷声天边滚，

何处佳人念张郎？

雨夜念母

沥沥初夏雨，
昼夜大温差。
推窗凝远目，
心忧萱草花！

雨中从办公室回家

夜深雨更急，

处处见小溪。

偌大城市里，

多少人未眠！

天净沙·办公室一夜

三五朋友聚会，道来辛酸娓娓，只说情义金贵。默默举杯，今夜不醉不归。

回　避

鸟儿不停振翅，

任风任雨，

任飞在它的世界。

天南海北或高或低，

无法回避树枝，

绿叶是它的路牌，

枝丫是它的家园。

趴在窗台，

成群的鱼　单独的鱼，

悠悠游着，

没有一条蹦上岸，

总是被水覆盖，

水深

成了它们无法回避的

生命空间。

我在这　你在哪？

我和你

有没有回避的理由？

周六办公室喝茶

绿油油　绿得通透，
那是你生命巅峰；

黑褐色　干枯着，
那是你生命归宿；

随沸水翻滚　上下沉浮，
与口红吻
与酒气混
与饭末合，
那是你生命价值。

"啧啧"声声抹嘴抿唇，
那是对你的
鞠躬与祭祀！

闻手的习惯

在朋友家晚饭，
你如约而至　旗袍
浅笑　朋友介绍如同
手尖点开电脑页面，
一幅亮丽的湘绣
向我伸出了纤纤玉手，
芳香　带着体温扑鼻
我飞快地握住。

不知握了多久

回家后窃窃品闻，
第二天　第三天，
连续多少天

总是这样偷偷甜蜜的

品闻着自己的手。

如今　已成了习惯!

清平乐·师生夜宵

师生有缘，久违相聚欢。异口同声莫排场，落座无名餐馆。

花甲龙虾皮蛋，牛奶啤酒满肠。只恨夜深时短，师生情谊久长！

晚餐的搭配

打开冰箱　拈出几坨鱼
它说，待冰箱近半年了，
给我们找几个朋友。
好咧
青椒自告奋勇，
白菜应征入伍，
小笼包抱团加入。

共同入席时隐隐同声：
尊敬的学哥，我们只是道具，
日子的意义
就靠你自己啰！

截 枝

早两天　你还在朗诵生机盎然

为路人挡雨。

今天　几滴凝固的晶莹

完整的眼泪标本

用最后的力气

护着伤口　诉说着人类的自私

苦苦期待他们的怜悯

在夺去枝体的同时

给伤口点点保护！

天边的云彩

挥一挥手，

轻轻地

作别西天的云彩——

徐志摩几十前在康桥

见过别过的云彩

今天傍晚，

回到了长沙的蓝天

波澜壮阔虹贯东西。

我不是徐志摩

所以不会作别云彩

我是蓝天保卫战列兵

我要把它拍照定格留住

作为集体勋章摩挲

我要把目光深情投向蓝天

在云端在彩虹里

与你

相遇相融！

母亲房间的燕子

似曾相识燕归来，
筑巢屋角驻旧宅。
母亲笑言父仍在，
燕语呢喃托关怀。

望着天空发呆

无情的天空，

有雨有风　春夏秋冬；

我的世界，

只有孤独　寂寞　忧伤。

遥远的你，

像太阳　像烈火

像万伏高压电流

我无法靠近

更怕灼伤！

办公室读书小憩

煮茶听蝉鸣，

指滑字典中。

未明其语意，

姑当数知音！

浪淘沙·独坐办公室

每隔几分钟，蝉鸣一轮。骄阳似火风灼人，蝉踪难觅只闻声，为谁不平？

独坐办公室，卷下帘栊。没有空调汗涔涔，句句宋词吞腹中，不问西东。

清平乐·酒后

换盏推杯，笑着灌下肚。面起红晕眼泪流，长叹人生味苦。

不止八千里路，亦知功名尘土。袖子总是上撸，还是昂扬迈步！

西江月·武隆印象

　　自古世存武隆，天高地远沟深。几间土屋几代人，一年四季农耕！

　　难得地缝天坑，引来千万人群。绿水青山终显灵，生态才是根本！

飞机遇雷雨返航

　　从重庆飞拉萨，准点到达拉萨边缘突遇雷雨不能降落，立即调头返航——

航班临空遇雷雨，
一声抱歉返回去。
生活意外莫唏嘘，
逆来顺受烦恼除！

鹊桥仙·酒醒残月晨光

　　酒肉穿肠，乌烟气瘴。推杯换盏不断，谈笑间百零八将，无奈何遍体鳞伤！

　　自控不强，守正失常。酒醒残月晨光。抵得住飞短流长，寻常日子慨而慷！

无　语

早入江湖里，
人生难由己。
酒后常小疾，
谁解其中意！

长相思·母亲以晒野山楂片为乐

不识字，没爱好，炎天暑热独自熬，寄情野山楂！
又中秋，娘更老。可恨孩儿陪伴少。檐燕莫惊扰！

忆江南·山塘捕鱼

想当年，吃鱼难上天。偶尔逢年过节前，全队社员聚塘边，分鱼要抽签。

乐今天，鱼要无污染。茶余饭后说家鲢，山塘撒网鱼上肩。谁擅把鱼腌？

虞美人·随感

怀抱忠诚勤付出，公私都不负。却常是满腹委屈，忍泪还自嘲鞭打快牛！

下班后关门闭户，问君何所图。洗耳谛听歌与曲，身心淡定听任秋风诉。

相见欢·雨花的早晨

灯光月光晨光，五时半，雨花大院好一个秋凉。

鸟儿欢，桂花香，走路忙。吐故纳新我要激情扬！

深夜蟋蟀

夜深人静蟋蟀鸣，
一音万遍总不停。
满腹心事有谁听，
苦煞床上失眠人！

黄材水库

宁乡西部一座
人工与自然合力而成水库。

曾经有同学在那工作，
曾经有朋友在那任职，
曾经吃过它的大青鱼。

有许多关于它的
道听途说；
于我它有传奇色彩！
想象中就是山中海洋。

最新的故事，
应该是2018年夏汛，
它的某日奔腾一泻，

满了江河，

苦了村寨，

写下遗憾！

今日相逢，

传说中的碧波荡漾，

干涸如群山留下的

一滴眼泪。

壮观的大堤，

寻见了植物花纹的垒石，

也许是水库当年刻意文身。

当年的门楼，

已经斑驳脱落；

堤上"黄材水库"，

雄姿依稀。听说，

已经更名"青羊湖"——

富含历史文化底蕴，

更是时代期望。

黄材水库——青羊湖，

期待你名副其实的新妩媚！

秋 读

　　10月7日上午巡查工地。下午办公室坐班值守。小山中有人唱京剧。

层林深处起京腔，
唱罢将相唱帝王。
楼下有无人望窗，
笑我痴呆读文章？

秋　吟

遥望日偏西，
林间倦鸟啼。
秋雨差人意，
总是误归期！

谁能告诉我啊

谁能告诉我啊，

为什么，

几杯酒入口，

一夜之间，

它们就爬上了头顶

固定成小小堡垒；

几滴秋雨，

飘落到脸上，

很快就被吸收，

变成满腹忧愁！

是否——

不是酒醉而是人愁；

是否——

不是秋雨惹事而是尘世渐冷！

如果都不是，
为什么绵绵秋雨
瑟瑟秋夜，
只有我一个人
撑伞走在街头?!

嘿嘿，早安

人们习惯在傍晚，
凉风习习凭栏远眺，
把月亮煮在茶中酒中，
吟一句
"明月几时有，把酒问青天"！

而我喜欢晨曦初露，
捧一缕阳光，
捧一堆桂花香，
与月亮挥一挥手，
匆匆用脚在大地走圈成画，
送月短暂旅行。

唱一句：

人生如逆旅，

我亦是行人！

秋天的绿枝

点点秋雨点点愁，
唯见绿枝显风流。
生机如许问缘由，
深根大地便无忧。

给母亲买新鞋

儿行百里千里
随行的是母亲的担忧

您喜欢说说广州的街道
您也记得长沙的植物园
乡愁乡情却把您
留在了乡村

门前不远的靳江
就是您世界里的
长江黄河
周边逶迤的山丘
就是您心中的
麓山泰山

几间旧式砖混

您当成上海滩的金茂

禾场边的两口水塘

就是您念念有词的

苍茫大海！

拄着拐杖

沿着田塍小道

爬点山坡陡岭

就算是云游远方

一步两步

夕阳下的佝偻

总是我的牵挂

用心给您买双鞋，

穿上它就如同儿子陪伴

把家乡的山山水水

走成风景

把夕阳　走出诗情画意！

长相思·观月

古时月，今时月。多少人披星戴月，唱风花雪月！

水中月，天上月。独步池边独赏月，怎敢负岁月！

清平乐·惊闻挚友骤然离世

身家千万，更儿女双全。何事催你赴黄泉，家国撂在一边。

其实一切云烟，何必度日如年。且行且惜当前，要做人间神仙！

调笑令·初冬断崖式降温

骤冷，骤冷，初冬突然低温！远望天色灰蒙，眼前绿叶随风。

伤痛，伤痛，池鱼不见行踪！

木凳上的橘子

工作确实是首位

但生活绝对不是末位

忙碌的间隙

在冬季寻找夏日

戴上老花镜寻找芳华

换下空间

换下视野

换下口味

这样的日子才是

木凳上的橘子

圆满　充实　酸甜可口

舌　尖

我站在高铁车厢后端
等候如厕

穿着高铁制服的她
来了　舌尖跳出来
几个声符

"来杯咖啡?"
"不，喝了睡不着"

"不会，支持下嘛"
"真的不要，我要上厕所了"
"没关系，等你"

我从厕所出来

她还在　等着

"真在等啊"

"是的，喝杯呀"

好　来一杯　加糖

我的舌尖

沾满了咖啡味

调笑令·办公桌上飞来蜜蜂

蜜蜂，蜜蜂，何事悄然上门？只因世界寒冷，欲借室内高温。

别问，别问，你我同样心情！

牛轭

突然间见到

你挂在泥土墙上

如同见到父辈祖辈

如同回到少年青年

突然间见到

你挂在泥土墙上

想起了你的前世

想起了你的今生

想到了你的未来

我知道

文物展馆是你

最荣誉的归属

你挂在墙上

却刻在我的心坎

我

没有理由忘了你!

老家饭菜

老家饭菜

农村口味

幸福的味道

儿女的诱饵

城里人的奢侈

老家饭菜

解酒　解愁　解馋

治腹泻

去贪欲

防腐化

老家饭菜

让苟且的日子诗意

让母亲的老脸

开出花

被截枝的紫薇与风摧的落叶

经历了冬天的寒冷

知道世界的残忍

来吧　锯吧

就当一场刮骨疗伤

把我变成你想的模样

像落叶

化作春泥更护花

而我　生机尚在

明春　必长新枝

假若你路过

不要刮目　更不要忏悔

菩萨蛮·母亲被蜈蚣伤耳

传说蜈蚣藏剧毒，

只有蜘蛛可吸除。

谁料夜四更，

蜈蚣伤母亲。

惊闻六神慌，

欲泪无主张。

大嫂堪孝媳，

苦获蜘蛛医！

浪淘沙·2018—2019

　　向旧年道别，甘苦相叠。脑海里激情岁月，不忘初心敢抓铁，尽了职责！

　　新年谋超越，满腔火热。工作要点已罗列，要争朝夕不停歇，绘声绘色！

妈妈，别哭

妈妈，我错了

我以为哥哥在家，

我可以同学聚会，

可以外出玩玩，

没想到春节的形影不离

才是您最有胃口的年饭！

您交给我们可怜的积蓄，

我听到了您热泪的

激情演说——

父亲挂在墙上，

山水田野无言，

文字电视不识，

有钱无处使用，

孤独是您最难熬的病痛。

妈妈，别哭
我们兄弟都明白了，
我们会努力成为
调理您孤独的中药！

醉桃园·又逢崔伯华诞

　　生在初春好时节，少壮思人杰。怎不忆风霜雨叠，饮泪创家业。

　　想得开，不纠结。乡村赏飞蝶。儿女承欢胜一切，余庆在耄耋。

日 历

忙了一天　累

回到家　撕了日历

12 月 24 日

认真地涂鸦

划去"平安夜"

特别标识

"农历十一月二十九"

随手又扯下

12 月 25 日

同样是涂鸦

划去圣诞节圣诞老人

同样是标识

"农历十一月三十"

不为别的

这日子没有别的称呼

农历　就是我们的

文化自信

采桑子·读阿来《水杉，一种树的故事》

野生深山藏林海，千年万代。千年万代，苦无学名无人爱。

一日偶遇专家来，茅塞顿开。茅塞顿开，科学命名誉天外。

致友人

父亲另有天命
走了
走得无声无息

父亲走了
精神在发酵

父亲走了
事业在延续

父亲走了
思念在沉淀

父亲　走吧　走好

我们会高擎您的旗帜

悲痛就是燃油

奋斗藏于步伐

我们儿孙

会将天上的彩虹

悬挂在您的墓碑

白天·黑夜

不得一天黑

不得一夜亮

不知鸟儿如何做到

夜里缄默白天叽喳

不得一天黑

不得一夜亮

不知树木如何想的

夜里拂风白天沐阳

不得一天黑

不得一夜亮

不知江河如何坚持

夜里哗哗白天奔流

不得一天黑

不得一天亮

知道母亲孤独难熬

夜里难眠白天痴望

容易一天黑

容易一天亮

我不知时间去哪了

夜里早睡白天瞎忙

就是难得的假日

在清冷的办公室

兀自散热

弥补了中央空调关停

手　机

手机是什么
手机是——

电影院
电视机

敬老院
幼儿园

朋友　恋人
面包　零食

雪山　草地
公园　湖泊

手机是主人

人类是奴隶

题越冬落叶林

逢冬注定无花叶，

直指云霄立树林。

劝君莫当枯枝笑，

守得初心待明春。

煎猪油联想到猪

不知来处

不知归途

活着　就是单纯生长

闪光在　任人宰割

进油锅　上餐桌

短暂的生命

从此永恒

惊蛰后第一天记事

（一）新枝芽

早上 7 点 48 分

传说中的惊蛰春雷

姗姗来迟

不到十秒　而且沉闷

终究是春雷

惊雷过后蛰虫尽

刚刚出门

满目就是绿篱上

蓬勃向上的新枝芽

（二） 两块静石

草地上　两块石头

默默无语　栉风沐雨

就这样紧紧相依

诠释

陪伴

（三） 把兰花移到窗台

偶得一株兰花

随心呵养

把它移到窗台

从心底移到窗台

留下寂寞孤独

在心底默默生长

生出希望

生出激情

长出白天黑夜

春 夜

点点春风点点愁，
欲饮几盅却无由。
几粒红枣加萝卜，
一杯清水胜烈酒！

相见欢·长兄治眼疾

长兄年近古稀，眼染疾，勤劳节俭隐忍不肯医。

逢盛世，好政策，免费治。专车送蜜邻里羡兄弟。

遥远的您

———清明祭祖

前世注定

今生承诺

清明这个特殊日子

就是尘世的我

向遥远的您

挥泪追思的时刻

三绺缀红白纸

两支红烛

三根焚香

一叠纸钱

一挂鞭炮

每年相同的道具

只为证明

您的血液

奔腾在我胸膛

挂纸　点烛　烧纸

燃炮　跪拜　祈祷

沿袭的程式

一点都没改变

唯独今年增了一项

新的牵念　告白——

九泉至清　无毒侵害

我逢盛世一切安康

晚 9：09 开始大雨

三毛曾说

每想你一次

天上会掉粒沙

成了撒哈那

每想你一天

天上会掉滴泪

成了太平洋

晚上突然大雨

好像听到三毛又说

人生每一次愁苦

天上会落一滴春水

汇聚成江河

又像南唐李煜声音

点点春雨点点忧

问君能有几多愁

恰似一江春水向东流

长相思·暮春随咏

树枝摇，树叶飘。春风十里尽妖娆，全凭阳光照。

绿含苞，红花凋。滚滚红尘悲与好，只有天知道。

庚子年五一

蜜蜂全速复工

无论什么花　都采

决意夺回疫情耽搁

蚂蚁匆匆赶路

缘树

共商消毒屯粮

我嘛买了几斤花猪肉

给母亲买个不锈钢澡盆

吃了大哥大嫂一只土鸡

给自己心灵烧了把火

冶去杂草杂念

把陪伴给了母亲

庚子年的五一

开始我的从容

庚子年5月4日

亦曾青春

却没有芳华

一直激情燃烧

却没有梦想成真

又逢"五四"

回到梦想升起的村庄

来到菜地中央

来到柴火灶旁

重温年轻时光

母亲一声轻唤

还我青春模样

奋斗者

不论年龄　没有忧伤

写在母亲节

母亲就在百里之外

可我只有思念

眼见窗外树林

母亲的身影

就如飘落的枯叶

听一遍　反复听

降央卓玛歌唱

《慈祥的母亲》

声声入耳

泪送落叶

今天有诗意吗

蜗居　今天

如同一张弄脏了的纸

拖把　今天

如同墨水饱满的笔

抹布　今天

如同淡香的橡皮擦

午睡起来　茫然四顾

挥笔走擦　大汗淋漓

还好　音箱善解人意

优美地歌唱

"明天是否依然爱我"

"冲动的惩罚"

"把根留住"

"亲爱的你在哪里"

………

整整两小时

陪我写完了卫生文字

画出了生活模样

描绘了余生蓝图

生活琐事四题

酒

一场相遇

一场欣喜

眉眼不敢多看

端起了酒杯

无声的酒

变成最多情文字

红了脸面

醉了心灵

茶

满怀期待

热心沏杯茶

可她动也未动

孤凉到早晨

随凉的是心

碗

买几个新碗

一碗一世界

一碗一菩提

碗变

味道也不同了

辣椒

只要你喜欢

无论米饭　还是嗦粉

或冷　或热

我的味道总在这

全部奉献给你

错　觉

错把含羞的月亮

当作初升的太阳

错把傍晚树影

当作清晨葱茏

其实　没错

月亮还是月亮

始终在那

太阳还是太阳

每天升起

不同的是

看的时候　看的心情

最迫切的　吃好早餐

又是一个全新的开始

思

曾经追日今向隅

点点滴滴思项羽

力可拔山气吞宇

奈何命运梦难续

假　如

假如　假如

我不想与这个世界

说话　只想说再见

请告诉我

这世界是否生无可恋

假如　假如

我不相信什么爱情

只信奉两情相悦

请朗诵

满目山河空念远

不如怜爱当前人

床上时光

躺着

如果睁着眼

全部风景只有天花板

不妨闭目养神

眼光穿透到苍穹

心灵在银河起舞

也有辗转反侧

或左或右

把忧郁压碎

把梦想护好

在枕上汗味中

听取蛙声一片

时蔬见真情

谁说　君子之交淡如水
今天　兄弟告诉我
兄弟情深在时蔬

兄弟啊　你的深情
我早已藏在心底
可此时　你的时蔬
又是茄子丝瓜
又是黄瓜蕹菜
还有新鲜土辣椒
搬来整个菜园的阵势
叫我如何是好
我找不到
冷藏菜园的冰箱

兄弟　难道你忘了

古诗所云

江南无所寄

聊赠一枝春

今 天

多少次偶遇

只是重复着陌生

今天相逢

好像是一个注定

没有拥抱和鲜花

一切给了简约的文字

合于窗外倾盆

心灵与大地开始溢流

今天的风雨和微笑

从此不忘

　　　　处处吾乡 ● 2020年

朋友问这几天没写点

朋友问这几天没写点
什么
我说　天热"潜水"
其实朋友不知
我想写写

多少年前
6月15日我多了
政治身份
多少年前
6月16日　我放弃了
法官身份

亲爱的朋友

就这点记忆了

无甚可写

当然　眼里还有

一片蔚蓝的天空

亲吻的荔枝

本是同根生

枝叶两离分

舍却绿与红

赢得一生情

蜘蛛网

它不是天网

天网恢恢　疏而不漏

它经不住吹灰之力

它是蜘蛛的生活天堂

于人类　却是讨厌

它轻得可以忽略

然而它的结构合力

可以托举重自己百倍

几百倍的蜘蛛身体

它是我行我素的典范

它是做好自己的说教

它有些玄

玄得如世间人事

处处吾乡　● 2020年

有些东西

于 A 完美　十分重要

于 B 不屑　一文不值

或者反之

于 A 不屑　一文不值

于 B 完美　十分重要

父亲是魔术师

把我从虚无

拉入芸芸众生

从此

受尽了您的责骂

受尽了您的棍棒

也记得　饥饿时

从您碗里拨给我米饭

也记得　委屈时

给了我简单的抚摸

也记得　大学时

给我的军衣与皮鞋

也记得　入党时

给我擦拭过党徽

也难忘　弥留之际

您痛苦的呻吟

和难舍的泪痕

今天　当人们祝福父亲

我有点怨恨

怨您走得无情

留下孤独寂寞的母亲

今天　当人们感恩父亲

我只有怀念

只能凝视墙上相框

父亲啊　我理解您

您在那边泥销骨

我在人间叹蹉跎

父亲节感

少年不知舐犊情，

懂得已是老男人。

千言万语说感恩，

不如做个好父亲。

由德思勤 24 小时书店所想

这里

曾经稻花飘香

曾经百花争艳

曾经鸡犬相闻

毕竟都是曾经

长沙德思勤

一路走来

有故事有历史有沧桑

德思勤是一本书

德思勤 24 小时书店

更是书的海洋

让城市有了文化

让喧嚣有了静音

让人们有了流连

让生活有了品味

端　午

又是一年一度端午

又是一模一样塞车

蜗牛一样回到家乡

车未停稳

耳朵就被称呼声填满

叫我老弟的

叫我叔叔的

叫我爷爷的

我一时不知如何是好

搞不清自己身份辈分

只有老母亲一句

崽啊　你回来了

处处吾乡 🟤 2020年

我听得十分亲切

是的　母亲在

我就是个小孩

母亲花绸羽扇

银丝如雪　让我欢喜

我用时蔬迅速在地上

行为艺术　对母亲说

妈今天摆的这四个字

就是儿子的心意

希望您　端午快乐

临江仙·端午

　　家人佳节精神爽，淋漓却感清凉。农家小院时蔬香，四代相聚处，正所谓家乡。

　　儿孙心里多少事，唯独没有荒唐。生态荤素润肚肠，粗茶亦是酒，入口说长江。

晨风吹拂神仙岭

曾几何时

我远离过家乡

曾几何时

家乡的珠峰黄茅大岭

更名为神仙岭

矗立数十风力发电塔

我居然一概不知

有人说

你若盛开　蝴蝶自来

家乡的黄茅大岭

盛开成了神仙岭

成了长沙网红

遥想当年

我在黄茅大岭山下

在善山岭中学

完成了最后一年初中

开启了人生之旅

今天凌晨

满怀向往　带着膜拜

我登上了神仙岭

信步在顶峰

徜徉在她的怀抱

让清凉的山风

洗面洗胃洗肺

在顶峰雄鸡石

等到了旭日初升

正所谓

会当凌绝顶

一览众山小

正好吟诵

曾经沧海难为水

除却巫山不是云

组 合

白色的太阳

照到树上变成了绿色

奔涌注入的白色水柱

汇聚到池塘

成了碧波荡漾

生活虽苦

我是甜的

想想蝉鸣是什么

窗外蝉鸣

肆无忌惮无休无止

我读着《白昼天空的星辰·秋雨绵绵》

虽说是短篇

却让我掩卷长吁

生活就这样

世界就如此

阴晴圆缺风霜雨雪

芸芸众生形形色色

有让你喜欢欣赏的

同时也有讨厌

有让你讨厌鄙夷的

同时也有喜欢

如同鲍勃·迪伦说雨

"有些人能感受到雨的诗意，

而其他人则只是被雨淋湿………"

如同蝉鸣

有人说是夏日经典

有人说是世间噪声

如同白昼天空

看不到星辰

星辰其实在闪光

还有，苦的"曾经"

其实也是回不来的

幸福和美好

西江月·首次滴滴出行

忽然暴雨大风，街边独自揪心。形单影只望天空，想起滴滴出行。

等了三十分钟，学会叫车成功。自我解困不求人，生活需会智能。

又是一夜一天

兕觥那刻

世界是你的

回到家里

世界不知在哪

清晨醒来

瓜果时蔬如同良药

入口入腹

终于熬出了一夜一天

处处吾乡 ● 2020年

不由自主地叹气

一早出门

就遇上倾盆大雨

雨伞成了摆设

吃个早餐也弄个湿透

不由自主长长叹气

不为别的

看到雨容易想起

分手总在雨天

人生难料风雨

我也怀疑

阳光总在风雨后

也不相信

雨后会有彩虹

不由自主地叹息

被大雨完全吞没

只有自己清晰听到了

把它吸收在蹙眉

致 T

朦朦胧胧　来了
朦朦胧胧　走了
只有你的微笑
刻在心坎
我摩挲着胸窝
揉着了你的笑容

朦朦胧胧　来了
朦朦胧胧　走了
只有你的软语呢喃
充满了双耳
我闭眼谛听
听出了你的酒后红晕

朦朦胧胧　来了

朦朦胧胧　走了

或许今生无缘

或许今生相爱

想想旅游怎么回事

旅游确实是仪式感

归根结底就这么回事

睡自己的床睡久了

睡睡别人的床

吃自己的菜品厌了

吃吃别人的厨艺

坐板凳坐私车多了

坐坐飞机坐坐高铁

看身边风景审美疲劳

看远方山水感觉全新

所以旅游是新婚燕尔

旅游是金榜题名

旅游是自由飞翔的鸟

旅游是诗与远方

处处吾乡 ● 2020年

清平乐·腾冲之行感"三洗"

(一)"洗脑"

山河破碎，血流成河处，野人山里堆白骨，可歌可泣儿女。

纪念碑前久伫，国殇园里泪目。你我都应洗脑，赤胆忠心报国

(二)"洗心"

古镇偏僻，风景尽旖旎，人与自然相统一，生活慢条斯理。

早晚凉风习习，男女老少相宜。幸福其实容易，山谷水岸家里。

（三）"洗身"

　　热海温泉，源自地中央。荟聚精华好洗身，祛风除疾安康。

　　人身难免肮脏，自将磨洗方刚。最美一方水土，古今中外神汤！

呵呵　特别的日子

回味那一口高山清泉

练一练自己的招式

想起了那条风景山道

忍不住开车到农贸市场

买点鱼腥草梗

买点土鳝

买点空心菜

给自己一桌没酒的宴席

给这个日子添点纪念

"看图写话"

(一) 海滩边的裸胖

别回头

这不是唐朝以胖为美

你若回头

看到的只有嘲讽

面向大海

再胖也不过是渺小

始终朝前

迎接你的才是风景

（二）下山的路上

也许

无限风光在险峰

会当凌绝顶

一览众山小

吸引你到了山顶

终究不能久留

下山的小路

还给了你

上山时的错过

（三）佛家的大铜锣

佛家的大铜锣

戴口罩的你

两个世界相逢

你伸手轻拍铜锣

嘭~嘭~嘭~~

两个世界开始了共鸣

当

当你看不懂世界

看看书

当你看不清生活

看看书

当你看懂了世界

看看书

当你看清了生活

看看书

当然还有一种选择

看看风景

相信世界不会亏待性情中人

鱼咸了

加点青椒紫苏

少了维生素

吃点山竹橘子

夏秋天热

多吃丝瓜白瓜

工作有难题

翻翻书翻翻法

朋友有误会

交交心谈谈心

生活难免辛酸苦味

人生总有急难险重

坚持做性情中人

一切慢慢来

慢慢翻页

相信世界不会亏待

性情中人

煎中药闻香感怀

身感小疾问郎中，

问症查苔默无声。

药用虫草几十种，

轻诺病毒去无踪。

细想虫草有曾经，

不是深山即草丛。

倘若世间无人懂，

枯竭在春夏秋冬！

S友笔尖点画我头
L友拍照缀饰鲜花

S说　我太愚蠢

于是用笔尖点拨光头

L说　我有点粗糙

于是用花朵装修颈围

其实我是饥饿的汉子

需要进食

哪怕粗茶淡饭

其实我是干涸的水池

需要补水

才能碧波荡漾

我不是仓央嘉措

做不了最美情郎

我不是纳兰性德

少了些剑火刀光

倒是有点屈子愁肠

常常抚剑叹息

泪染衣裳

坪里座椅摆开了

坪里座椅摆开了

老人嘀咕着子女名字

琢磨着多少座椅够坐

望着身旁的桂花凋落

忧伤着余生有限

时近中午

座椅仍然空荡着

儿啊你们在哪

座椅擦干净了

娘等着你们絮叨

古镇仿古建筑之问

是今人还是古者

让我如此独立

无关春花秋月

任凭雨打风吹

试问

是要我古色古香

为何让我遍体鳞伤

由来不听新人笑

听风听雨

谁会听到古人的哭泣

家乡的西圩岭

把你拍下来

仔细与心坎印象比对

给了一个满分

在镜头前你是风景

于我人生你是来处

当我忧伤

我会想起你的呼唤

当我迷惘

你的绿色给我希望

当我远行

不会忘记你的叮咛

把你拍下来

开口就是赞美

回眸就是眷恋

迈步就是牵挂

即便人生只剩归途

你也是抹不去记忆的

一列老火车

想吃好点却煮碗面条

如果……

如果

做人

做事

做工作

如煮面条容易简单

这世界应无人失业

可古人为什么说

治国如烹小鲜呢

自加宵夜

一个兄弟给我买来

浏阳秘制凤爪

其实就是鸡爪

一个兄弟给我送来

自制醋泡蒜子

秋夜外归

忍不住当宵夜吃了

才知原本自己所喜

更知生活道路的泥泞

并无大碍

只要有感受快乐的

心灵和能力

即便如院中残荷

终究是怒放的生命

晚秋冬近时心情

冬天，

我不一定期待，

但冬天来了，

我会深情拥抱！

在断桥边寻找梅花，

在江河畔看看东流，

在雪花中琢磨垂钓，

在火炉上温壶新酒，

或者披衣坐起，

细数天边几颗寒星，

瞭望头顶一轮清月。

题记大学女生相聚

湘潭别后常德逢，

嘘寒问暖猜先生。

是否当年那个人，

一语道破各不同！

今日琐碎

(一)

你在步道抬腿压腿，
昏暗的灯光下，
有股美感，
只能偷拍无法接近！

(二)

办公桌上来了一只，
迷路的蜜蜂。
有人建议把你拍死，
我不同意，
用本本把你端了，

看着你飞了，

我笑了，

为自己帮助了弱者！

（三）

从外面回到办公室，

从办公室出来，

走在寒夜里，

只有清冷的路灯，

只有沉默的树影，

却给了

我不用遮掩的，

泪如泉涌的自由！

（四）

醋泡大蒜子，

味道不错异味难闻。

忍不住吃了，

心想自己喜欢的，

何必在意别人生厌！

冬天真的来了

症状：清冷，酸痛。

原因：冬寒，酒损。

处方：

三鲜面，慢咽；

茶一杯，温服；

"蚊子"，生吞；

阳光，背晒！

庚子立冬次日 9：00

又是一碗三鲜面，

自加两碟凉菜，

老板娘还是微笑，

还是 12 元不涨价，

有滋有味点滴不剩地

转移支付到胃，

趴到办公桌边，

无意瞟到了

阳光给我的投影。

窗外鸟鸣喈喈，

告诉我：

生活很多时候就是

一张旧船票，

重复的故事，

处处吾乡 ● 2020年

阳光丝毫未动，

变的只是自己

和自己的影子。

筒子骨炖羊肉是啥味

如果想温暖世界，

那就要成为阳光；

如果想吻遍世界，

那就要惠风和畅。

当一切不可能时，

没有必要悲观，

"浪子回头"，

好好做名小区业主，

房前屋后都可以

遇到微笑流连忘返；

还可以尝试

筒子骨炖羊肉，

把味道告诉世界！

读《楚辞》感

闲研楚辞思屈公，
忧国忧民撼古今。
看破红尘不变通，
只因欠点精气神。

自画像

早早躺上床，

睁着眼，不行，

目断两米，

只有天花板！

闭着眼，也不行，

思接千里，

千万种意象！

只好半睁半闭，

朦胧可见墙上牡丹，

禅意渐浓，

醒来不是万家灯火

就是旭日东升。

落叶银杏

同一大院，银杏落叶，香樟鲜活。银杏枝栖三鸟，也许它们在吟诗安慰银杏——

莫笑老身苔藓结，

只怨寒风摧绿叶。

冬日无情干枝存，

苦待春来志更烈。

让自己男人做次女人

打开自来水喷头，

让火热的全身

与冰冷的湘江水

碰出一身清爽，

百毒不侵；

拿起拖把，

世界与我无关，

造一个世外桃源；

打开洗衣机，

做一次女人，

晾晒出清香四溢；

如果有机会，

多想尝试一下，

热泪盈眶，

去证明

我还有悲伤的能力！

多想振臂呼唤，

赚得山河回声，

尽释对世界的热爱！

爱上冬天的理由

腊月　隆冬　疫情，

寂寞的冬日，

似乎已无任何期待！

你来了，

灵犀　曼妙　眼神，

点燃了冬天一把火！

你啊，

就是今生注定

热爱冬天的理由！

腊　鱼

样子有些惨不忍睹，
煎炸蒸煮，
内涵的味道，
让你大快朵颐！

寄生树枝

给了我支点，

我的任务，

就是挺立生长

与你一起芳华！

阳光下投影

草地上身影问：

"你是谁？"

地面水印

这，
我至今看到的
最长的美女秀腿！

度娘说我可能食物中毒了

春来了,

度娘却说我食物中毒了,

欲哭无泪自食苦果,

谁叫我忘了"病从口入"!

我愿受骂,

我愿挨打,

我愿意累,

我可以饿,

可真的不愿以这种方式

剥夺了我的生龙活虎,

暂停了我的牛蹦狗跳,

更不愿以这种状态

迎接期待着的新春!

古镇新年的早晨

我走在古镇小道，
浓雾
让世界更加沉静朦胧神秘，
只有露水滴落的声音，
我以为是你的心跳！

上善若水

观景池的水，

是一幅看得见摸不着的画；

乡下老家井水，

清甜可口滋养家人；

餐馆的人工蓄水，

组合成山水庭苑；

和顺古镇的小溪，

水草古树源远流长；

热海温泉，

沽沽传递地心温度；

湘江春水，

浮载满船忧愁；

赛里木湖水，

传说是大西洋留下的一滴眼泪；

喀纳斯湖，

引无数英雄驻足折腰；

远方的大海，

波澜壮阔无边无际；

……

水利万物，

上善若水！

一夜之间

昨天　花开向阳，
在枝叶间走秀，
香味可以举起汽车；
今晨　一夜风雨，
花瓣满地呻吟，
声声碎心残梦。

窑坡的夜

躺着——

一首激越的歌让我听出了悲伤，

想着自己，

就像一次远航，

茫茫大海，

可往何方？

窑坡的夜，

忽然开始漫长！

简单的 123

一个人，

二只羊腰子，

三串鱿鱼须，

加大蒜叶加剁椒，

焯水　混炒，

有点复杂的晚餐，

除去一周疲惫。

养伤的日子，

枯燥的周末

兴趣盎然地写下：

简单就会开心！

故乡的呻吟

多少次回到你身边，
总以为　依然是：
山清水秀的怀抱，
花枝招展的迎接，
生机勃勃的田园！
多少次　除了
老态龙钟的母亲，
我心心念念
生于斯长于斯的
故乡，
你怎么满目疮痍？
怎么把污水杂草
堰塞　垮塌　荒芜
接收为常住人口，

当作是相逢午宴？

外面的世界精彩，

外面的道路坎坷，

给了我满腹辛酸！

一次次跌倒　站起；

一次次泪流　擦干；

一次次绝望　希望！

写几句诗情画意，

做几道美味佳肴，

告诉你　我的坚强；

告诉你　我习惯了

自我疗伤。

可亲爱的故乡，

谁来为你

把脉问诊？

谁来聆听

你的呻吟，

还你曾经的模样？！

想你的时候

谁说，

想你的时候问月亮；

谁唱，

想你的时候莫名

心碎；

谁知，

想你的时候

仰着趴着侧着，

总是辗转难眠；

微酌豪饮烂醉，

总是悲情难抑；

白天黑夜清晨，

总是双眼模糊，

错把别人当伊人！

先开的白杜鹃

寂寞了寒冬，
赶先怒放。
非欲一枝独秀，
确因春浓。
未料花开无主，
感谢今天路过的哥，
闻香拍照，
我在人间有了档案！

西江月·仲春即景

　　几株垂柳戏水，满山碧绿争春。鸟喧清晨花袭人，江山如此多情！

　　少点叹息呻吟，好自衣食住行。忙中更要润心灵，一夜无梦天明。

父亲的手推车

——清明前夕忆父亲

父亲走了许多年，

偶尔梦里相逢。

今天看到了

父亲当年的手推车，

如见其人！

长工的出身，

手推车是您的宝马；

新中国第一代工人，

熟练的电工钳工，

您驾轻就熟，

给手推车改装滑轮，

实现了推车智能化，

赢取了乡亲们多少

羡慕嫉妒恨！

今天，大哥用您当年

制造的手推车，

运谷运米。

大哥说，这车运米：

既是回忆更有饭香！

我端详着手推车：

如同面对父亲，

听到了父亲的声音——

勤劳，肯干，创新，

无论哪一行，

都会与众不同！

今天雨的意义

坐在办公桌前，

穿窗就可以看到

雨线。

很急，唰唰而下，

甚至还可以看到

风摇动雨线的样子。

每一场风　每一场雨，

都有它的意义。

今天的春风骤雨，

唯一的意义

在我的心里播撒了

孤独的种子，

结出了思念的果子！

春天里的气息

树林有生气，

鲜花有香气，

围墙有青气，

锅里有热气，

钵子有腥气，

杯中有酒气，

身上有烟气，

胸藏有正气，

偶尔生点气，

人有些傻气，

日子有底气，

前行有勇气！

可吞声忍气，

不可能泄气；

没有傲气，

保持骨气；

……

所有这些，

都是春天的气息！

星期天的晌午

雨　唰唰而下

冲淡了期待的阳光

眼前的文字

少了滋润

个个都是爬在心底的

蚂蚁

只有一根一根的香烟

插在口腔穴

像艾灸一样

抽吸着五脏六腑

与尘世紧密相连的

料峭春寒